荐读

《当名著遇见科学》引导你走向名著中的世界，开阔眼界；教会你阅读方法，养成良好的学习习惯；给你完全不一样的心灵体验。

——北京大学物理学院教授　罗春雄

以名著中的故事和精彩情节开篇，全书融入了与我们生活息息相关的数学、艺术、工程、化学、地理和人文等知识，形式新颖，语言明快，图文并茂，是一本适合孩子们阅读的科学启蒙书。

——中国科学院理化技术研究所研究员　陈金平

用科学的思维读名著，用童话般的心情学科学。

——中国科学院微电子研究所高级工程师　张代波

在经典中探索科学，在科学中感悟世界。《当名著遇见科学》让孩子在阅读和动手中理解身边万物。

——重庆邮电大学计算机科学与技术学院教授　周由胜

八十天环游地球
Around the World in 80 Days

通过环游地球的故事，成功把儿童吸引进一个有趣的世界，并通过动手完成STEAM小实验，沉浸式帮助故事角色完成任务。小朋友不知不觉就学到了知识，做了科学练习，也扩展了见闻。可以说这是一本充满法国浪漫和趣味，又具有美国STEAM和中国教育属性的书，值得大家拥有。

——优学猫儿童智能玩具创始人、北大硕士　孙博

将经典阅读和科学学习很好地结合了起来，也将虚构阅读和非虚构阅读很好地融合了起来，边读故事边学科学，方式轻松有趣，不仅能激发孩子的学习兴趣和探索欲，也能提升孩子的阅读力、拓展孩子的知识面。

——亲子教育公众号主编　李贝

经典的名著，有趣的科学。《当名著遇见科学》，以科学的指引让孩子阅读名著，爱上名著！

——北京大学化学生物学博士　黄旭虎

我喜欢阅读文学名著，我也喜欢钻研科学，这套书可谓一举两得，推荐给爱阅读、爱科学的小朋友们。

——北京市中关村中学初一15班　于佳乐

八十天环游地球
Around the World in 80 Days

当名著遇见科学

八十天环游地球

上篇

[法]儒勒·凡尔纳 著
[英]凯蒂·迪克尔 改编
王晋 译

电子工业出版社
Publishing House of Electronics Industry
北京·BEIJING

Published in 2021 by Mortimer Children's Books
An imprint of Welbeck Children's Limited, part of Welbeck Publishing Group
20 Mortimer Street London W1T 3JW

Text, Illustration & Design © Welbeck Children's Limited, part of Welbeck Publishing Group.

本书中文简体版专有出版权授予电子工业出版社。未经许可,不得以任何方式复制或抄袭本书的任何部分。
版权贸易合同登记号　图字:01-2022-7104

图书在版编目(CIP)数据

八十天环游地球:上下篇 /(法)儒勒·凡尔纳著;(英)凯蒂·迪克尔改编;王晋译. —北京:电子工业出版社,2023.5
(当名著遇见科学)
书名原文:STEAM TALES
ISBN 978-7-121-44975-8

Ⅰ.①八… Ⅱ.①儒… ②凯… ③王… Ⅲ.①幻想小说-法国-近代 Ⅳ.①I565.44

中国国家版本馆 CIP 数据核字(2023)第 017555 号

审图号:GS 京(2022)1401 号
本书插图系原文插图。

"企鹅"及其相关标识是企鹅兰登已经注册或尚未注册的商标。
未经允许,不得擅用。
封底凡无企鹅防伪标识者均属未经授权之非法版本。

责任编辑:郭景瑶
文字编辑:刘　晓
印　　刷:北京利丰雅高长城印刷有限公司
装　　订:北京利丰雅高长城印刷有限公司
出版发行:电子工业出版社
　　　　　北京市海淀区万寿路 173 信箱　邮编:100036
开　　本:787×980　1/16　印张:41　字数:524.8 千字
版　　次:2023 年 5 月第 1 版
印　　次:2023 年 5 月第 1 次印刷
定　　价:239.00 元(全 8 册)

凡所购买电子工业出版社图书有缺损问题,请向购买书店调换。若书店售缺,请与本社发行部联系,联系及邮购电话:(010)88254888,88258888。
质量投诉请发邮件至 zlts@phei.com.cn,盗版侵权举报请发邮件至 dbqq@phei.com.cn。
本书咨询联系方式:(010)88254210,influence@phei.com.cn,微信号:yingxianglibook。

目　录
contents

第一站
英国伦敦

- 🔍 计算百分比 / 011
- 🔍 城市交通 / 012
- 📼 制造水钟 / 016
- 📼 寻找盲点 / 018

第二站
法国和意大利

- 🔍 蒸汽动力 / 022
- 🔍 印刷机 / 024
- 📼 什么是概率？/ 028
- 📼 制造船只 / 030

第三站
埃及苏伊士

- 🔍 船为什么会漂浮起来？/ 035
- 🔍 发电报 / 041
- 📼 识别指纹 / 044
- 📼 用色谱法分析墨水 / 046

第四站
印度孟买

- 🔍 白天与黑夜 / 054
- 🔍 认识动物 / 057
- 📼 制作曼陀罗 / 060
- 📼 保持在轨道上行驶 / 062

第五站
印度加尔各答

- 🔍 速度有多快？/ 067
- 🔍 晕船 / 074
- 📼 绘制四色地图 / 076
- 📼 制作磁罗经 / 078

第一站　英国伦敦

他是一位神秘的绅士，独自住在英国伦敦萨维尔街七号的伯灵顿花园里。他的名字叫作菲利亚斯·福格，是改良俱乐部的知名成员。不过，没有人真正了解他。福格相貌英俊，四十岁左右。他没有工作，但有很多钱，似乎去过很多地方。他的财富来源一直是个谜。他少言寡语，所以人们很难探知他的过往。

福格做事有条不紊，十分守时。每天上午十一点半，他会出发去改良俱乐部，在那儿读报纸，玩他最喜欢的纸牌游戏"惠斯特"。他有一个仆人，但没有家人和密友，经常把赢来的钱捐给慈善机构。他每天都会在俱乐部用餐——在同一时间同一张餐桌旁，然后在午夜时分离开，回家睡觉。

故事开始的那一天，也就是一八七二年十月二日，福格刚刚解雇了他的仆人，因为这个仆人准备的剃须水是八十四华氏度

伦敦

　　这个故事发生的时候，也就是1872年，英国在海外建立了很多殖民地，这些殖民地都是大英帝国的一部分。伦敦当时刚刚成为全球领先的国际金融中心。根据1844年英国颁布的一则法律条文，只有英格兰银行有权发行纸币。

（约二十九摄氏度），而不是福格要求的八十六华氏度（三十摄氏度）。一阵敲门声传来，新仆人到了。他做了自我介绍，说自己是法国人，名叫让·帕斯帕尔图。他解释说，人们从他的姓（大意是"万事通"）就可以看出他能干很多事，包括在马戏团当演员、做消防员等。见过新仆人后，福格就动身前往改良俱乐部了。

万事通回忆自己与新主人的初次见面，认为福格是一个异常冷静、一丝不苟的人，他的生活似乎极为规律，没有任何惊喜。万事通收拾自己的房间时发现，时钟上有一张卡片，上面是他的工作时间表。在福格十一点半去改良俱乐部之前，整个上午的安排精确到了分。

此时，福格正以往常的方式前往改

 制作水钟

福格的日常安排十分规律。如果没有精准的手表，他该怎么办呢？

把书翻到第16页，做个水钟测一测时间的流逝吧。

良俱乐部（右脚走五百七十五步，左脚走五百七十六步）。改良俱乐部位于蓓尔美尔街的一座宏伟建筑中。

到了改良俱乐部，福格的固定餐食已经摆好了。吃完饭，他开始读平时看的报纸打发时间。晚饭后，他会和其他牌友打"惠斯特"。

"那起盗窃案怎么样了？他们说丢了五万五千英镑！"啤酒厂老板托马斯·弗拉纳根说。

"真希望窃贼能被正法，"英格兰银行的董事高迪尔·拉尔夫插话道，"侦探正在调查此案。"

"可你们知道窃贼长什么样吗？"工程师安德鲁·斯图尔特问道。

"《每日电讯报》肯定他是位绅士。"福格放下报纸说。

他们谈论的是三天前英格兰银行发生的一起盗窃案。窃贼趁工作人员不注意，从柜台上拿走了一沓价值五万五千英镑的钞票。

当天下午五点，钱仍未找回。于是，警方发出警报，侦探们被派往各个港口，去捉拿窃贼。如果将窃贼绳之以法，他们会得

寻找盲点

有时候，即使事物摆在我们面前，我们也看不到……

把书翻到第18页，找找自己的视觉盲点吧。

到两千英镑,外加追回金额的百分之五作为奖励。

晚饭后,福格和他的牌友们像往常一样开始打牌,同时继续讨论着那起盗窃案。

"我还是觉得窃贼可能会逍遥法外。"斯图尔特说。

"他能逃到哪里呢?"拉尔夫说,"对他来说,没有一个国家是安全的。"

"哦,这可说不好,世界还是很大的。"

"曾经很大。"福格低声说道。他们又打了一圈牌。斯图尔特再次挑起了话题:"你说'曾经'是什么意思?世界变小了吗?"

"我同意福格先生的说法。"拉尔夫说,"世界越来越小了。要知道,现在环球旅行只需要三个月,比一百年前快了十倍。"

福格插言道:"只需要八十天。"

"千真万确,先生们,"银行家约翰·沙利文补充道,"大印度半岛铁路开通了新的一段,所以八十天足够了。根据《每日电讯报》的计算方法,可以在八十天内完成环球旅行。"

"也许可以,"斯图尔特说,"不过,坏天气、逆风行驶、海船失事和火车事故都没有算进去吧!"

"全算进去了。"福格边说边平静地继续打牌。

"我倒想看看你怎么在八十天内完成环球旅行。我赌四千英镑,你不可能完成。"

"完全可能。"福格说。

"那咱们就说定了!"斯图尔特发出了挑战。

计算百分比

谁抓住窃贼,谁就能得到追回金额的5%。如果55000英镑全部被追回,侦探会得到多少钱呢?

计算百分比的一种方法是先算出1%,然后用这个数字乘以你想计算的百分比的那个值,在本题中,也就是5。

一个数的1%,就是将这个数分为100份,取其中的一份。要计算某个数的1%,你可以用它除以100。

我们用"%"这个符号来表示百分比。如果用分数表示,是1/100;如果用小数表示,则是0.01。

55000的1%: 55000/100 = 550
55000的5%: 550 × 5 = 2750

如果全额追回,侦探将获得2750英镑的报酬!

如果追回40000英镑,侦探将得到多少钱呢?

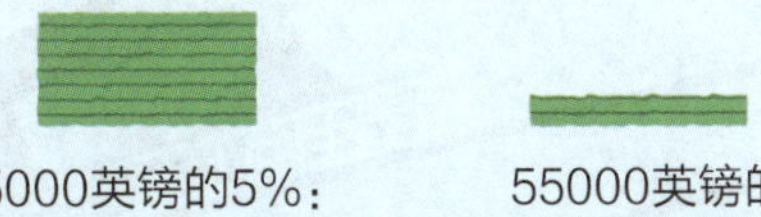

55000英镑的100%:
55000英镑

55000英镑的5%:
550 × 5 = 2750英镑

55000英镑的1%:
55000/100 = 550英镑

知识园地

城市交通

19世纪初,伦敦还没有公共汽车和火车,有钱人出行时会乘坐马车。不过,交通工具当时正快速发展。

1863年,世界上第一条地铁在伦敦开通。伦敦地铁最开始使用的是蒸汽列车,工程师不得不研究蒸汽列车如何在地下安全运行。干这一行的人每天都要与蒸汽和烟雾打交道。

隧道每隔一段距离会设置一个通风孔,将烟雾排放出去。不过,在20世纪电动列车发明之前,地下的运行环境一直很糟糕。

"随叫随停"的公交服务始于1829年

早期的地下蒸汽列车

"再好不过了，"福格冷静地答道，"我今晚就出发。"

斯图尔特被激怒了。"好吧，福格先生，"他说，"说定了，我赌四千英镑。"

"好。"福格说着转过身来，对其他牌友说，"我在巴林银行有两万英镑存款，我愿意用这笔钱赌上一把。"

"如果回来晚了，你情愿损失两万英镑？"沙利文喊道。

"不存在预料不到的事。"福格答道。

"不过，福格先生，八十天是从数学上估计的最短时间，可没有出错的余地啊！"

"我会算准时间的。"福格平静地回答。

"你在开玩笑吧？"

"真正的英国人打赌也是严肃的，从不开玩笑。"福格郑重其事地回答，"我会用八十天或更少的时间完成环球旅行。准确地说，是一千九百二十个小时。谁愿意和我打赌，我就赌上两万英镑，你们赌吗？"

牌友们商量了一下说:"我们赌。"

"好。"福格说,"开往多佛的火车今晚八点四十五分发车,我就坐这趟车出发。今天是十月二日星期三,我将于十二月二十一日星期六晚上八点四十五分回到伦敦,回到这里。如果我没有回来,巴林银行的两万英镑就是你们的了。先生们,那是一张两万英镑的支票。"

福格打赌并不是为了赢钱。他之所以只赌上自己一半的财产,是因为他觉得可能需要另一半财产来完成这项艰难的任务。与此同时,他的牌友们对这位朋友所面临的不可能完成的任务而踌躇不安。

福格当晚打牌赢了钱。他辞别了牌友们,于晚上七点二十五分离开了改良俱乐部。到家后,他回到自己的房间。万事通看到主人提前回来,感到非常惊讶。按照主人的习惯,他要到午夜才会回来。

"万事通!"福格在他的房间里轻轻叫道。万事通没有回答(这肯定不是叫他,现在还没有到叫他的时候呢)。"万事通!"福格又叫了一遍,但并没有提高音量。万事通进来了。

"对不起,先生,可现在还没到午夜。"万事通边说边看了一眼自己的手表。

"我知道,我不是在责怪你。"福格说,"我们十分钟后出发去多佛和加莱。"

万事通一脸疑惑:"您说什么,先生?您要出门吗?"

"是的,万事通,我们要环游地球!"

"环游地球?"万事通喃喃地说,眼睛瞪得老大。

"用八十天的时间,所以我们一刻也不能耽误!"

"可是,我们还得收拾行李啊!"万事通喊道。

"不用收拾了,拿个小包,带上换洗的衣服就行。我们沿途再买需要的东西。把我的雨衣和毯子带上,再拿几双结实的鞋子。现在就去,快点!"

万事通本想说些什么,但话到嘴边又咽了回去。他回到自己的房间,一屁股坐在椅子上,自言自语道:"我还想安安静静地过日子呢!"

如果能再次踏上法国的土地,万事通会很高兴。也许他们会远行至巴黎,然后就回来?他只能等着瞧了。

 动手做一做

制造水钟

水钟是一种测量时间的工具。古时候，人们使用的就是类似的钟。按照以下步骤自己动手做一个水钟吧。

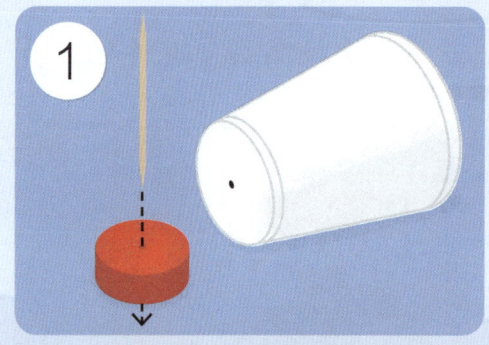

用牙签在塑料盖的中央扎一个孔，同时在塑料杯的底部中央扎一个孔。

准备材料：

- 牙签（或尖锐物体）
- 塑料盖（比如牛奶瓶的盖子）
- 塑料杯
- 玻璃罐
- 绳子
- 剪刀
- 珠子
- 雪糕棒
- 小铃铛
- 水

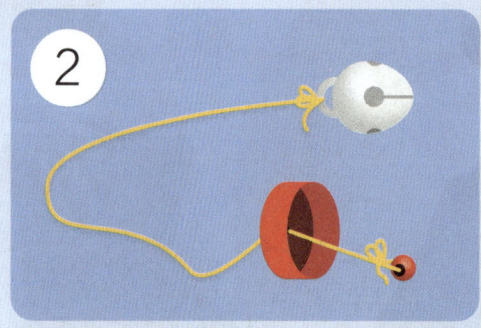

剪一段绳子，长度要比塑料杯的高度长一些。将绳子的一端穿过塑料盖，系上珠子加以固定。在绳子的另一端系上小铃铛。

将雪糕棒横着放在塑料杯上，将塑料盖放入杯中。调整绳子的长度，使小铃铛挂在雪糕棒上，而塑料盖正好离杯底约1厘米。

工程

提示
请大人帮忙完成第1步，带尖的东西可能会扎到你，一定要小心。

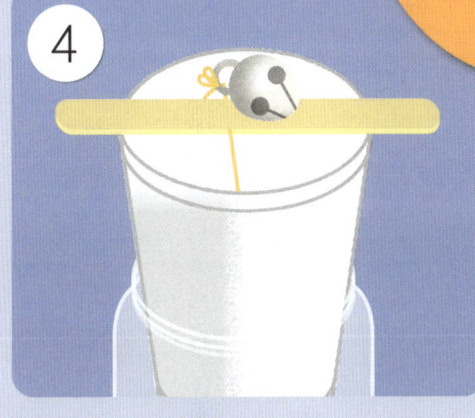

4

将塑料杯放在玻璃罐的开口处。把小铃铛放在雪糕棒上，这时塑料盖会悬挂在杯子里（如果放手的话，铃铛会从雪糕棒上掉下去）。

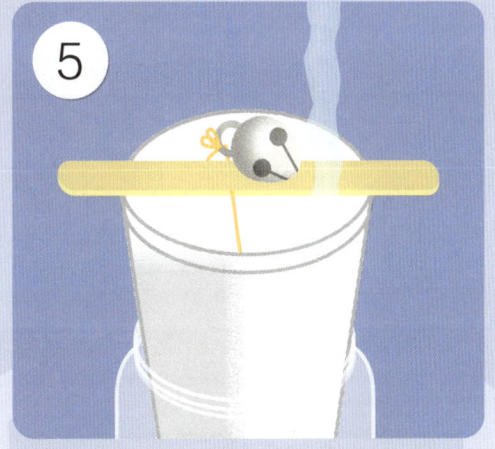

5

往塑料杯里倒水，塑料盖会浮起来。现在，放开手，让铃铛挂在雪糕棒上。

6

当水从杯底流到玻璃罐里时，塑料盖会发生什么变化？当杯子里的水流光时，又会发生什么？

原理

当杯子里的水流光时，塑料盖会落在杯底，把小铃铛拉到杯中，发出叮当的声音。如果每次往杯子里倒同样多的水，那么水流光所用的时间和铃铛响起所需的时间会是一样的。

017

动手做一做

寻找盲点

每个人都有盲点,更准确地说,每只眼睛各有一个盲点。不过,它们通常并不明显。做做下面这个实验,看看你的盲点在哪儿吧。

准备材料
- 卡纸
- 剪刀
- 尺子
- 记号笔

提示
画圆和叉时,颜色一定要深,下笔一定要重,以确保它们的清晰度。

① 从一张卡纸上剪下一张长13厘米、宽5厘米的长方形纸片。

② 在纸片的左边,画一个直径约为1.5厘米的圆,涂上颜色。

③ 在纸片的右边,画一个大小差不多的叉。

科学

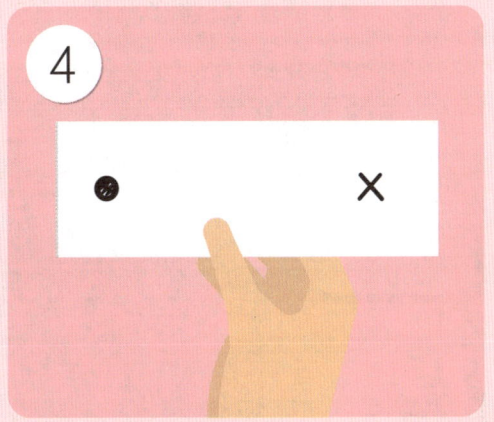

伸出手臂,把纸片举在自己的面前。眼睛先看圆,再看叉。将纸片慢慢朝脸的方向移动,先看其中一个图案,再看另一个。你能同时看到两个图案吗?

现在,遮住左眼,把纸片举在面前。将右眼集中在左边的图案上,慢慢地将纸片朝脸的方向移动。右边的图案会发生什么变化?

现在,遮住右眼。把纸片慢慢朝脸的方向移动时,要将左眼集中在右边的图案上。这时左边的图案会发生什么变化?

 原理

当你用双眼看纸片时,两个图案应该都可以被看到。但是,当你用右眼看左边的图案,并把纸片往脸的方向移动时,移动到某个位置,你会暂时看不到右边的图案,换成左眼也是如此。图案消失的位置就是你的盲点。

019

第二站　法国和意大利

晚上八点时，福格和万事通已经走出家门，准备乘坐马车前往查令十字车站。福格带了一份指南，里面涵盖了所有蒸汽机船和火车的时刻表。他还把一卷钱塞进包里，以备旅途之用。"拿着。"他把包递给了万事通，"你可得好好保管，里面有两万英镑！"万事通吓了一跳，旅行包差点掉在地上。

晚上八点二十分，马车将他们送到了车站。就在他们准备进站的时候，一个要饭的女人向福格讨钱，她还领着一个孩子。福格想都没想，就把当晚打牌赢的钱给了她。"给，善良的女人，很高兴认识你。"万事通因为主人的善行而感动不已。

福格买了两张去巴黎的头等车厢的车票，途中将穿过英法之间的多佛海峡。他们刚穿过车站准备上车，就看到了福格在改良俱乐部的五位牌友。

"诸位先生，"福格对他的朋友们说，"我就要动身了。我回来时，你们可以检查我的护照，看看我是否完成了任务！"

"你还记得什么时候必须回到伦敦吧？"斯图尔特问道，他很是为这位朋友的旅途忧心。

"记得，八十天后，也就是一八七二年十二月二十一日，星期六，晚上八点四十五分。再见，先生们。"

知识园地

蒸汽动力

19世纪,蒸汽机在推动工业革命方面发挥了巨大的作用,同时它也是工业快速发展的主要因素。

在此之前,工厂和磨坊的动力来自水、风、马或人,现在则可以由蒸汽替代。蒸汽机高效可靠,可以为工厂、矿场、火车和蒸汽机船提供动力。

蒸汽机的发明使人们可以到更远的地方旅行,并且速度比以往更快。

燃烧煤,加热水

沸水产生的蒸汽驱动活塞来回移动

活塞的运动转化为车轮的转动

说完，福格和万事通便上了车，在座位上安顿下来。五分钟后，汽笛响起，火车驶离了车站。

夜晚漆黑一片，外面正下着绵绵细雨，福格一句话也没说。万事通不敢相信当晚所发生的一切。他坐在那里，紧紧地抱着那个装着巨款的旅行包！

没过多久，福格打赌的消息就传遍了整个伦敦，各大报纸纷纷报道，人们热火朝天地争论福格夸口要完成的环球旅行。福格的照片（他在改良俱乐部的会员照）被刊登在《伦敦新闻画报》上。有的人站在福格这边——尤其是因为他的英俊气质，但许多人拒绝相信他能完成任务。有几份颇具声望的报纸甚至认为，福格的举动简直是疯狂。

英国皇家地理学会发表了一篇长文，从各个角度论证了八十天环游地球的可能性，得出的结论是这种做法愚蠢至极。文章指出，旅行者会遇到很多不利因素，包括人为和自然的阻碍。他真的能用三天穿越印度、七天穿越美国吗？机械故障、恶劣天气、意外事故，所有这一切都会对他产生不利影响。哪怕一点点延误也会使整个旅行计划功亏一篑。

许多人都拿福格的成败来打赌。一位名叫阿尔比马尔的年迈绅士表示，如果谁有办法让他环游地球，即使花十年时间，即使

知识园地

印刷机

19世纪蒸汽机的发明催生了大量发明和创意。

1814年,《泰晤士报》第一次使用蒸汽印刷机来印刷报纸。这台新的机器每小时能印1000张报纸,大约是早期机器产能的5倍。

突然之间,印刷的速度更快了,成本更低了。因为报纸可以通过蒸汽列车运往全国各地,所以像银行盗窃案这样的新闻,也可以传播得更快、更远。

拿出自己的全部家当，他也心甘情愿。他下注五千英镑，赌福格赢。别人都说福格的决定很愚蠢，但他拒绝被这些说法所左右。他只是回答，如果这次旅行能够完成，那么首先实现八十天环游地球的是一位英国人，难道不好吗？

不过，有一件事削弱了人们对福格的信心。某天晚上九点，伦敦警察局局长收到了侦探菲克斯从苏伊士发来的电报。电报上只是写着：我已找到窃贼菲利亚斯·福格，速寄逮捕令到孟买。

电报

苏伊士至伦敦
伦敦警察局局长：
我已找到窃贼菲利亚斯·福格，速寄逮捕令到孟买。
侦探菲克斯

几乎在一瞬间，福格信誉扫地。在人们眼中，他不再是绅士，而是银行窃贼。福格的照片成为证明其窃贼身份的证据，照片上的每一个特征似乎都符合警方的描述。福格生活神秘，性情孤僻，还有他的突然离去，这一切都说明他就是罪魁祸首。对窃贼来说，环游地球似乎是甩掉侦探的绝佳方法。

与此同时，福格和万事通正快速通过法国和意大利。他们于十月三日上午七点二十分到达巴黎，又在一个多小时后离开这

 什么是概率？

究竟是运气说了算，还是数学知识更靠谱？不管答案是什么，福格都坚信，从数学上讲，他的环球之旅是可以实现的。

把书翻到第28页，看看概率是怎么回事吧。

都灵

都灵位于意大利北部，1861年至1865年曾是意大利的首都。1865年，意大利迁都至佛罗伦萨，1870年又迁至罗马。

布林迪西

布林迪西是意大利南部的天然港口。意大利在地图上看起来像是一只高跟鞋，而布林迪西正好位于鞋跟上。这座城市逐渐成为连接意大利与希腊、中东的主要贸易港口。

座城市。十月四日上午六点三十五分，他们到了都灵（途经塞尼山）。一个小时后他们又出发，于十月五日下午四点到达布林迪西。他们将在下午五点乘坐"蒙古号"，通过苏伊士运河前往孟买。"蒙古号"载重两千八百吨，是东方半岛公司以速度快著称的蒸汽机船之一。

如果一切顺利，他们将于十月九日上午十一点抵达苏伊士。但是，他们不知道，有一个名叫"菲克斯"的瘦小男子正在那里等着他们。

建造船只

福格和万事通即将登上旅程中的第一艘船。

把书翻到第30页，看看如何建造一艘洗洁精动力船吧。

菲克斯是从英国来的侦探，奉命监视每一位抵达苏伊士的乘客。他已经拿到了有关窃贼的外貌信息，一旦发现长相类似的人，就会跟踪到底。他决心盯住窃贼，希望能够赢得那笔丰厚的奖金。

此时，菲克斯正在和英国领事聊天。这位领事拿不准菲克斯如何从"蒙古号"的乘客中认出窃贼。"我可以感知到这个家伙的出现，"菲克斯说，"就像是第六感，我是不会让他逃出我的手心的！"

动手做一做

什么是概率？

概率是指把所有可能的情况考虑进来，预测某件事情发生的可能性有多大。

准备材料
- 记事本
- 骰子
- 钢笔或铅笔

在记事本上画一张统计表，记录骰子每次落下时的点数。统计表需要有6列，每一列对应骰子一个面上的点数。

每次掷骰子，出现某一个点数的概率是多少？每次都有6个可能的结果，因此，理论上每个点数出现的概率均是1/6。

如图所示，掷6次骰子，并统计结果。你发现了什么？

数学

继续掷骰子，一共掷100次。现在的统计结果如何？和你预想的一样吗？

计算每一列的总数，你可以把结果写成分数的形式，上面是出现这一点数的总数（分子），下面是掷骰子的次数（分母，即100）。

你也可以写成百分比的形式，表示某个结果在100次中出现的可能性。例如，如果在100次中有18次掷出了"3"，那么出现"3"的概率就是18%。

 原理

理论上，掷出每个点数的概率都是1/6。但是，在现实中，你每掷6次，不太可能每个点数均出现一次。掷骰子的次数越多，某一点数出现的概率就越接近理论概率。然而，概率只能预测某种结果出现的可能性，不能预测实际的结果。

029

动手做一做

制造船只

用洗洁精就能让模型船动起来,赶紧建一支舰队玩吧。

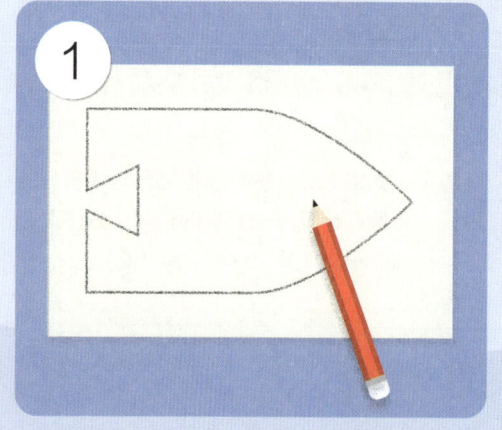

准备材料
- 卡纸
- 铅笔
- 尺子
- 剪刀
- 烤盘
- 水
- 洗洁精

按照上图,在卡纸上画出船的轮廓。船身大约5厘米长,确保尾部有一个三角形的切口。

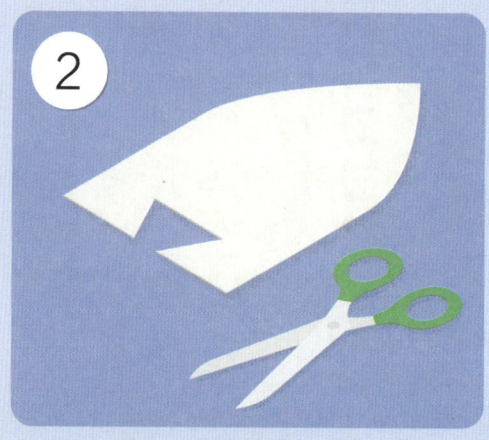

可以请大人帮忙,把船剪下来。

提示

如果船不再移动,换一下烤盘里的水,再做一次实验。

工程

将烤盘里装满水,把船放在水面上,它会漂浮起来。

用铅笔(牙签或画笔也可以)的一端蘸点洗洁精,滴在船尾的三角形切口处。

这时,船会有什么变化呢?你可以把洗洁精换成其他液体,比如糖浆或洗手液,看看哪些液体能更有效地推动船。

 原理

在水的表面,水分子会相互作用,形成表面张力。将洗洁精滴入水中时,洗洁精会打破表面张力,使水分子相互推开。将洗洁精滴入船尾的切口处时,洗洁精迫使水离开船,从而把船推向前方。

第三站　埃及苏伊士

"蒙古号"到达苏伊士的那天，天气晴朗，略带寒意。菲克斯穿梭于熙熙攘攘的人群中，敏锐地打量着路人。"蒙古号"预计十一点到达。"它会在苏伊士停多久？"菲克斯问领事。

"四个小时，足够加煤了。从苏伊士到亚丁必须穿过红海，要航行一千三百一十英里（一英里约为一千六百米），得备足燃料。它会直达孟买。"

"好极了！"菲克斯说，"如果窃贼在这艘船上，他肯定会在苏伊士下船，然后换条路线前往荷兰或法国在亚洲的殖民地。他肯定知道在印度并不安全。"当时，印度正处于英国的统治之下。

一连串尖锐的汽笛声传来，"蒙古号"进港了。搬运工冲向码头，十几艘小船前去迎接，大多数乘客会乘坐这些小船上岸。

菲克斯开始仔细查看每一张脸和每一个身影。没过多久，有一位乘客从人群中挤过来，礼貌地问他知不知道去英国领事馆

苏伊士

　　苏伊士是一座港口城市，位于埃及东北部。苏伊士运河始建于1859年，于1869年建成，将红海、地中海和印度洋连接起来。苏伊士运河是一条重要的贸易之路，经常被视为亚洲和非洲的分界线。

的路。这个人还给他看了护照，说是想去领事馆加盖签证章。菲克斯快速扫了一眼，看到了有关护照持有者的特征说明。他简直不敢相信，上面的描述竟然和伦敦警察局对银行窃贼的描述一模一样。

"这是你的护照吗？"他问。

"不是，是我主人的，他待在船上没下来。"

"哦，他必须本人去领事馆，得验明身份，才能办理签证。"

"领事馆在哪儿呢？"那个人问道。菲克斯指了指附近的一所房子。那位乘客和他道谢后回到了船上。

菲克斯简直不敢相信自己的运气竟然这么好。他快步向领事馆走去。"领事先生！"他说，"我有充分的理由相信窃贼就在'蒙古号'上。"菲克斯讲述了那位仆人和护照的事。

"嗯，菲克斯先生。"领事回答，"如果他来这儿，我是不会同情他的。不过，窃贼逃跑时通常不会留下痕迹。"

"领事先生，如果他像我想的那样精明，他是一定会来的。我相信您是不会在护照上签字的。"

"为什么不签呢？我没有权利拒签啊。"

"可是，我必须把这个人留在这儿，直到我收到伦敦寄来的逮捕令。"

"嗯，我知道。但是，我不能——"

领事话还没有说完，就传来了敲门声。两个陌生人走了进来，其中一个正是菲克斯在码头遇到的那个仆人，另一个大概是他的主人。主人递交了护照，希望领事给他签字。菲克斯仔细观

知识园地

船为什么会漂浮起来？

为什么像鹅卵石这样小而重的物体会沉入水中，而像船这样大而重的物体却可以浮在水面上？

一个物体在水中会漂起来，还是会沉下去，取决于它的密度。假设你有两个一样的盒子，一个装满弹珠，一个装满羽毛。在体积相同的情况下，装满弹珠的盒子会重得多，因此密度也更大。

要想让一艘巨轮漂浮起来，它的密度必须小于周围水的密度。船在水面上时，会排开大量的水。同时，水会试图回到原来的位置，给船一个作用力，就是这种力使船浮了起来。

重力

羽毛

弹珠

浮力

把船向上推的力被称为"浮力"

察了这位先生。

"您是菲利亚斯·福格先生?"领事看了护照后问道。

"是的。"

"他是您的仆人吗?"

"是的,他是法国人,名叫万事通。"

"您从伦敦来?"

"是的。"

"您打算去——?"

"孟买。"

"好的，先生。您知道有没有签证都一样，也不需要护照。"

"我知道，先生。"福格回答，"但我希望证明我到过苏伊士。"领事在护照上签了字，并写明了日期。福格先生支付了相应的费用，致谢后带着仆人离开了。

"怎么样？"那个侦探问道，"领事先生，您不觉得这位绅士的特征和我收到的窃贼特征很像吗？"

"的确，但您也知道，所有特征——"

"我会弄清楚的。"菲克斯打断了领事的话，赶紧离开了。

与此同时，福格乘坐小船回到了"蒙古号"上自己的船舱里。他拿起笔记本，把最新的旅程信息加了上去。"十月九日星期三上午十一点，到达苏伊士，总计一百五十八小时三十分，约六天半。"

菲克斯在码头上找到了万事通。"你好啊，朋友，"菲克斯走到他的身边说，"护照办好了吗？"

"哦，你好啊。手续都办好了，非常感谢。我们一路马不停蹄，我就像做梦一样。这里是苏伊士吗？我们到了埃及？到了非洲？"

识别指纹

指纹识别是确定某人身份的一种方法。

把书翻到第44页，了解一下指纹如何分类吧。

"是的。"

"我的天哪，没想到我们竟然到了这么远的地方。"

万事通向菲克斯打听去哪儿可以买到鞋和衬衫。于是，他们二人一同往城里走去，边聊天边打发时间。"最重要的是，"万事通说，"不能误了船！"

"别担心，你有的是时间，现在才中午。"

万事通掏出他那块大大的手表。"十二点？"他惊呼道，"现在才九点五十二分啊。"

"你的表慢了。"

"先生，我的表是我曾祖父传给我的，它走得可准了！"

"哦，我知道了。"菲克斯说，"你的表显示的还是伦敦时间，伦敦比苏伊士晚两个小时。每到一个国家，你就应该在正午时分调一下表，要不就和太阳不一致了。"

"调表，绝不可能！错的只能是太阳！"

他们沉默了一会儿，菲克斯又问道："你们离开伦敦的时候很匆忙吧？"

"千真万确！上周五晚上七点多，我的主人从俱乐部回来。不到一个小时，我们就开始环游地球了！"

"环游地球？"菲克斯大叫道。

"是啊，用八十天。他说这是他打的一个赌。不过，我可不相信，这句话我也就和你说说。这根本就不合常理嘛。"

"他很有钱吗？"

"当然了，他带了一大卷崭新的钞票，而且花钱十分大方。他还答应'蒙古号'的轮机手，如果能让我们提前到达孟买，他会给他们一笔钱作为奖励。"

"你认识你的主人很长时间了吗?"

"哦,那倒没有。就在我们离开伦敦的那天,他才雇了我。"菲克斯不敢相信自己的耳朵。他满脑子想的都是缉拿奖赏。匆匆离开伦敦,带了一大笔钱,急于前往遥远的地方,这一切都证实了菲克斯的想法。可怜的万事通还被蒙在鼓里,他不知道自己都透露了些什么。

"孟买离这儿远吗?"万事通问道。

"非常远,坐船要十天的时间。"

"孟买在哪个国家?"

"在印度,属于亚洲。"

到了商店,菲克斯留下万事通买东西,自己匆匆回了领事馆。"领事先生,"他说,"我现在确信无疑,我已经找到了我要找的人。他伪装成了一个要用八十天环游地球的人。"

"这么说,他真是个聪明的家伙。"领事回答,"可你确定没有弄错?他为什么要证明自己经过了苏伊士呢?"

"这我还不知道。"菲

克斯回答。接着，他把自己与万事通之间的谈话告诉了领事。

"看得出来，一切都对这个人很不利。"领事表示认同菲克斯的观点，"可你打算怎么做呢？"

"给伦敦发封急电，让他们把逮捕令立刻寄到孟买。我会乘坐'蒙古号'，跟着这个窃贼到印度。那里可是英国的地盘，我会礼貌地逮捕他，一手拿着逮捕令，一手扣住他的肩膀。"菲克斯坚信，福格的命运已经注定。他直奔电报局，短短十五分钟后就提着小旅行包登上了"蒙古号"。很快，这艘船就开足马力，驶向红海。

从苏伊士到亚丁有一千三百一十英里，需要航行一百三十八小时。在轮机手的努力下，"蒙古号"有可能提前到达目的地。

不过，红海有时也会波涛汹涌。当风从非洲或亚洲海岸吹来时，"蒙古号"那长长的船身颠簸得十分厉害。乘客们回到自己的船舱里，歌舞也暂停了。不过，福格仍旧每天吃四顿丰盛的饭菜，似乎一点儿都不担心。

万事通没有晕船的困扰，十分享受这次旅行。他很高兴看到菲克斯也在船上。"如果我没有弄错的话，"他笑着走近菲克斯

色谱法

菲克斯正忙着收集可能给福格定罪的线索。

把书翻到第46页，用色谱法做一个新晋侦探都会做的艺术品吧。

知识园地

发电报

电报可以说是世界上的第一条短信。19世纪初，电报是远距离通信的最快方式。电报设备的工作原理是通过电线以电信号的形式发送编码信息。

19世纪30年代，人们发明了两种不同的电报设备。一种是在英国发明的，另一种是在美国发明的。美国人塞缪尔·莫尔斯开发了一个系统，使用点、横线和空格来发送字母和数字。这种方法被命名为"莫尔斯电码"。到19世纪结束时，纵横交错的电报线已遍布全球许多城市。

敲出一系列点、横线和空格

电信号通过电报线被发送给接收装置

触点相碰，电路闭合，产生电信号

遇险信号"SOS"并不代表"拯救我们的灵魂"（Save Our Souls）。用它作为呼救信号，只是因为比较容易传递，"S"是3个点，"O"是3条横线。

● ● ●　━ ━ ━　● ● ●
　S　　　O　　　S

说，"你就是那位在苏伊士好心为我引路的先生吧？"

"哦，没错。你好啊！你就是那位神秘英国人的仆人！"

"是啊，先生。"万事通回答。

"我叫菲克斯。"

"菲克斯先生，"万事通继续说道，"你准备去哪儿啊？"

"和你一样，去孟买。"

"你了解印度吗？"

"哦，是的。那是一个神奇的地方，有清真寺、庙宇、老虎、蛇、大象！但愿你有时间好好逛逛。"

"希望如此，菲克斯先生。一个理智的人是不会这样浪费生命的，下了船，马上就登上火车，假装要用八十天环游地球！不会的，我相信到了孟买以后，我们就会停下来。"

"福格先生还好吗？"菲克斯用尽可能自然的语气问道。

"很好，和我一样，食量简直大如牛。"

"万事通先生，你有没有想过，这次环球之旅会不会有什么秘密任务，也许是一次间谍活动？"

"这么说可没什么道理，菲克斯先生。相信我，压根儿没有这回事。"

自打这次碰面以后，万事通和菲克斯就经常一起聊天。菲克斯很想获得万事通的信任，他经常在酒吧里请这个法国人喝威士忌或啤酒。

与此同时，"蒙古号"顺利前行。十月十三日，他们经过了摩卡，看到了那里破败的城墙、枣树和大片的咖啡园。随后，他们停靠在亚丁港附近，补充燃料。从亚丁到孟买，还有一千六百

亚丁

亚丁是一座港口城市，位于阿拉伯半岛南端，红海与印度洋的交汇处。亚丁的天然港口位于一座休眠火山的火山口中。在1967年之前，亚丁一直由英国统治，2015年成为也门的临时首都。

五十英里的航程。不过，这并没有影响福格的时间安排。事实上，"蒙古号"已经比计划提前十五个小时到达亚丁了。当福格和万事通上岸办理护照签证时，菲克斯悄悄地跟在他们身后，生怕他们逃了。不过，福格办完手续后照旧回到了船上。

傍晚六点，"蒙古号"再次启程，前方就是一望无垠的印度洋了。再过一百六十八个小时，他们就会到达孟买。天气对航行十分有利，大家又跳起舞来。十月二十日星期日，印度海岸进入他们的眼帘。两个小时后，孟买的棕榈树出现在他们的视野中。下午四点三十分，"蒙古号"停靠在码头了。福格刚刚打完一圈"惠斯特"，并且赢了牌。他很高兴船提前两天到达目的地，他冷静地将这一事实记在了笔记本上。

动手做一做

识别指纹

指纹有3种基本形状：斗形、弓形和箕形。按照下面的步骤，看看自己的指纹是什么样子的吧。

准备材料
- 透明胶带
- 铅笔
- 两张索引卡
- 放大镜

1 撕下3条长约5厘米的透明胶带，把它们贴在方便拿取的地方，以便后面使用。

2 在一张索引卡上，用铅笔厚厚地涂上一层石墨。中间你可能需要削几次铅笔，再继续涂。

3 涂好之后，用一根手指在石墨涂层上摩擦一会儿，尽可能让更多的石墨覆盖你的指腹。

科学

提示

为什么不采集一下朋友和家人的指纹呢？你可以把采集的结果贴在一本剪贴簿上。

4

拿一条胶带，放在桌子上，有黏性的一面朝上。在这个过程中，一定要小心，不要擦掉手指上的石墨。你也可以找别人帮你。

5

将涂有石墨的手指按在胶带上，然后抬起来。这时，你会在胶带上留下你的手指印。

6

将这条胶带贴在第二张索引卡上，用放大镜仔细观察。你能确定你的指纹是3种基本形状中的哪一种吗？

原理

每个指纹都是独一无二的，由独特的纹路组成。因为每个人都有不同的指纹，所以指纹识别可以有效地识别个人身份。指纹识别不仅在犯罪现场很有用，在日常生活中也用得到，如解锁手机。

动手做一做

用色谱法分析墨水

即使是黑色墨水，也是由多种颜色组成的。探索一下构成墨水的不同颜料，并用它们做一件艺术品吧。

准备材料

- 纸巾或咖啡过滤纸
- 剪刀
- 尺子
- 各种颜色的记号笔
- 玻璃杯或罐子
- 水
- 胶带

1 剪6条纸巾或咖啡过滤纸，每条大约15厘米长，2.5厘米宽。

2 选一支记号笔进行测试。在纸条的一端画一条粗粗的线，距离边缘大约2.5厘米。

3 在玻璃杯中倒入大约2厘米深的水。将纸条放入玻璃杯中，画线的一头朝下，使纸条的末端稍稍浸入水中，千万不要没过画好的那条线。

艺术

提示

你可以用铅笔在每张纸条上轻轻写上被测试的墨水的颜色，以便记录结果。

4

用胶带将纸条粘在玻璃杯上，使其保持这个高度（末端稍稍浸入水中）。

5

用更多的纸条和不同颜色的记号笔重复上述步骤，想做多少都可以。

6

将纸条放在杯中至少一个小时。然后，小心翼翼地把纸条拿出来，晾干。你注意到那条线有什么变化了吗？试着用这些纸条做一个抽象的艺术品吧。

原理

你会发现，每一种颜色的墨水都是由一种以上的颜料组成的。要想制造黑色墨水，需要将几种颜料混合在一起。有些颜料更易溶于水，所以纸条吸水时，不同的颜料会以不同的速度分离开来，因此会出现一个有趣的多彩图案。

047

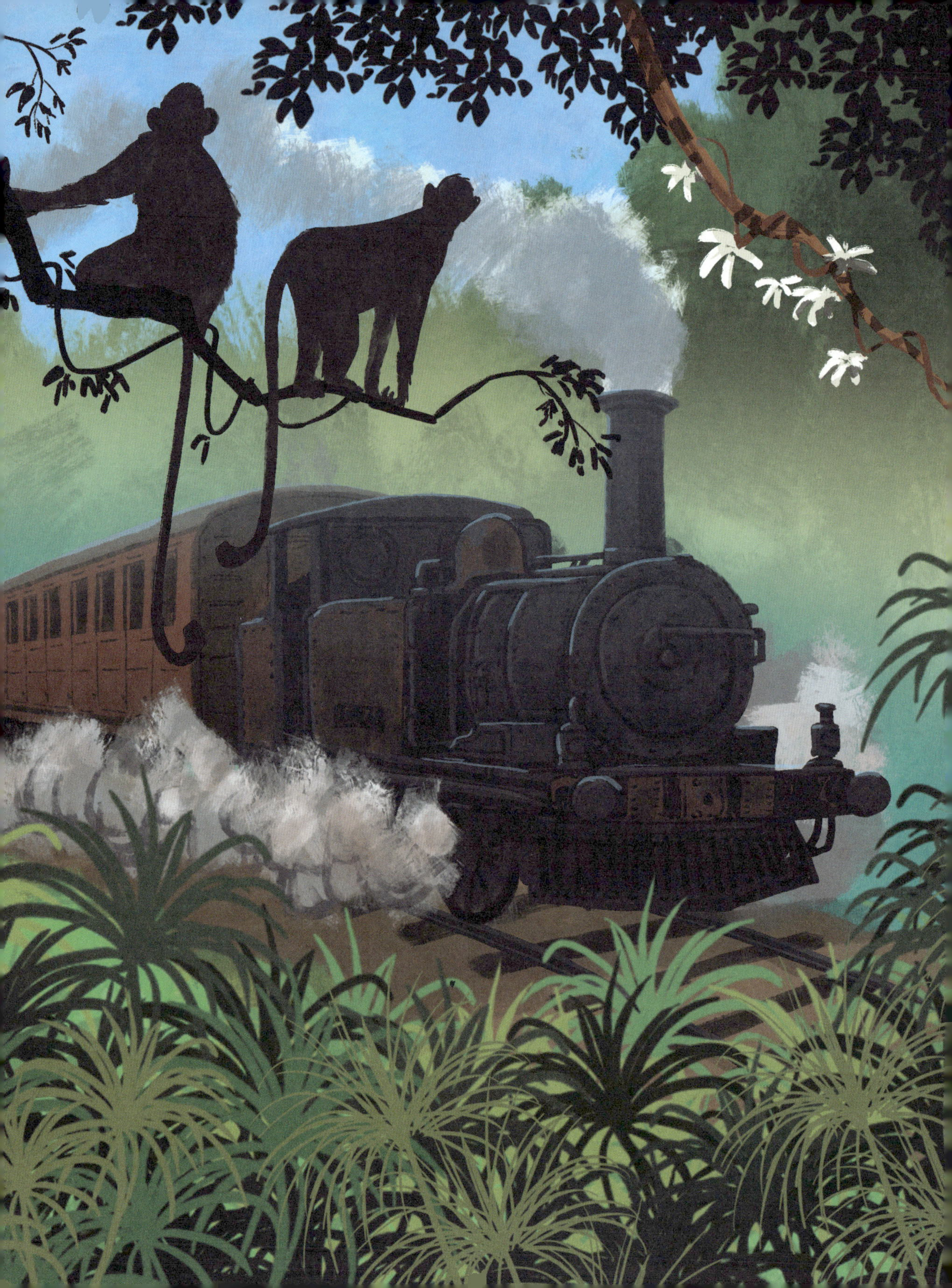

第四站　印度孟买

福格与牌友辞别后，于下午四点三十分下了蒸汽机船。他们接下来要搭乘的火车将于晚上八点开往加尔各答。福格出发去办签证，他对孟买的奇特风光丝毫不感兴趣。著名的市政厅、辉煌的图书馆、堡垒和码头、集市、清真寺和犹太教堂，一切都吸引不了他的注意力。办完签证以后，他只身前往火车站，在那里吃了晚饭。

此时，侦探菲克斯已经赶到了警察局。他解释了自己前来的目的，紧张地询问有没有收到伦敦的逮捕令。可是，逮捕令并没有寄到。菲克斯确信，福格会留在孟买，至少在逮捕令到达之前，他不会走。菲克斯下定决心，一定不能跟丢了。

万事通在孟买的街道上悠闲地逛着。当天正好是当地一个节日的最后一天，狂欢的人们穿着五颜六色的衣服，载歌载舞。

孟买
　　孟买是印度西部的一座滨海城市，有一个天然的深水港。英属印度于1947年解体，分为印度和巴基斯坦两个国家。1971年，孟加拉国从巴基斯坦独立出来。

狂欢的人群消失后，万事通准备前往火车站。这时，他看到了一座宏伟的寺庙。

当然了，万事通还有时间，他可以进去看看。可是，他没脱鞋就走进了寺庙，他不知道穿鞋进去是极大的不敬！意识到自己的错误后，万事通赶紧光着脚逃跑了。

晚上七点五十分，万事通气喘吁吁地跑进火车站。一直跟踪福格的菲克斯正站在站台的一个黑暗角落里。他已经下定决心，要跟着这个窃贼去加尔各答，如果需要的话，还会跟到更远的地方。菲克斯听到了主仆二人的对话。

"我希望不要再发生这种情况了。"福格听完万事通的讲述后冷冷地说道。万事通感觉糟糕透了，他一言不发地跟着主人上了火车。菲克斯准备跟上去，但脑子里突然蹦出了一个主意。"不，我要留下来。"他喃喃自语道。

"他在印度犯了法，我可以抓到我想抓的人了。" 菲克斯清楚，他可以让警方逮捕万事通，而福格得等他被释放了才能走。菲克斯还没有考虑清楚，火车就已经开走了！

制作曼陀罗

曼陀罗是一种具有象征性的艺术品，被很多东方文化视为传统。

把书翻到第62页，了解一下如何制作可以用于装饰的曼陀罗吧。

福格和万事通所在的火车包厢里还有一位乘客,他就是弗朗西斯·克罗马蒂爵士。福格和他在"蒙古号"上打过牌。克罗马蒂爵士身材高大,大约五十岁,常年住在印度。

他对印度的习俗、历史和特点可以说是了若指掌。火车一路经过了棉花、咖啡、豆蔻、丁香和胡椒种植园,经过了寺庙和修道院,还有毒蛇和老虎出没的广阔丛林,接着是住着大象的森林。火车在象群的注视下飞驰而过。

中午十二点三十分,火车在伯哈姆布尔停了一会儿,万事通

伯哈姆布尔

伯哈姆布尔是印度东海岸的一座城市。在英殖民地时期,它是一个重要的军事基地。那里交通方便,可以乘坐火车到达其他城市。

买了一双印度拖鞋，很自豪地穿在了脚上。虽然他目前很享受这段旅程，但也担心自己在寺庙的行为会给他们带来麻烦。

第二天早上，克罗马蒂爵士发现万事通的表慢了几个小时，于是建议他把表调一下。他们正在向东走，也就是迎着太阳走，每走过一个经度，白天就缩短四分钟。不过，固执的万事通拒绝在这个珍贵的传家宝上做任何改动。

上午八点，火车停了。列车员在车厢里喊道："乘客们，请在此下车！"万事通冲了出去，回来后大叫着说："先生，没有铁路了！火车没法往前开了！"

"我们这是在什么地方？为什么停车？"克罗马蒂爵士问列车员。

"在科尔比。这条铁路还没有修完，从这儿到安拉哈巴德还有五十英里的铁路没铺。一般的乘客都知道这件事，大家必须自己想办法到安拉哈巴德。"

"克罗马蒂爵士，"福格先生轻声说道，"我们想其他办法吧。"

"福格先生，这样一耽误，对你真的很不利啊。"

"没事的，克罗马蒂爵士，这是意料之中的事。"

保持在轨道上

福格和万事通乘坐火车行驶了很远的路程，火车一直稳稳地行驶在轨道上。

把书翻到第64页，看看这是如何实现的吧。

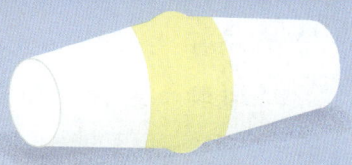

"什么！你早知道这条铁路？"

"我对此一无所知，但我知道迟早会碰到阻碍。所以，这也没什么。我已经提前了两天，够用了。十月二十五日中午，有一艘蒸汽机船从加尔各答开往香港，我们会准时到达加尔各答的。"

福格和克罗马蒂爵士把村子找了个遍，但一无所获。

"我们可以走着去安拉哈巴德。"福格说。

万事通想到他那双漂亮但不禁穿的印度拖鞋，皱起了眉头。幸运的是，他也没闲着。"先生，我想我找到了一个办法。"

"什么办法？"

"大象。离这儿一百码（约九十米）的地方，住着一个人，他有一头大象。"

"走，咱们去看看。"福格平静地说。

这是一头被驯服的大象，正接受训练成为战象，但还保留了一些温顺的天性。福格决定租用这头大象，他提出给大象主人一笔钱，但被断然拒绝了。福格先生并没有放弃，他不断提高报价，每小时十英镑，二十英镑，四十英镑？那个人都拒绝了。最后，他提议直接买下这头大象，起初出价一千英镑，但那个人还是不同意。

克罗马蒂爵士把福格拉到一旁，请他考虑一下再做决定。福格向他保证，他从来不会轻举妄动。不过，为了赢得两万英镑的赌注，大象必不可少。他们再次回到大象主人那里，最后以两千英镑的金额成交。万事通听到这个价格，脸都白了。

回到车站后，一个年轻人毛遂自荐，要给他们当向导，福格

知识园地

白天与黑夜

在地球表面不同的位置,太阳升起和落下的时间是不同的。

这是因为太阳在同一时间只能照亮地球的一侧,所以地球的一侧是白天,另一侧是黑夜。

地球每24小时自转一周。位于英国东边的国家,白天到来得更早,因为太阳首先照到那里。

位于英国西边的国家,如美国,白天到来得较晚。这就是世界被划分为24个时区(参见第153页)的原因。

印度比英国早5.5个小时,所以万事通把自己的表调一下,其实对他是有益的。

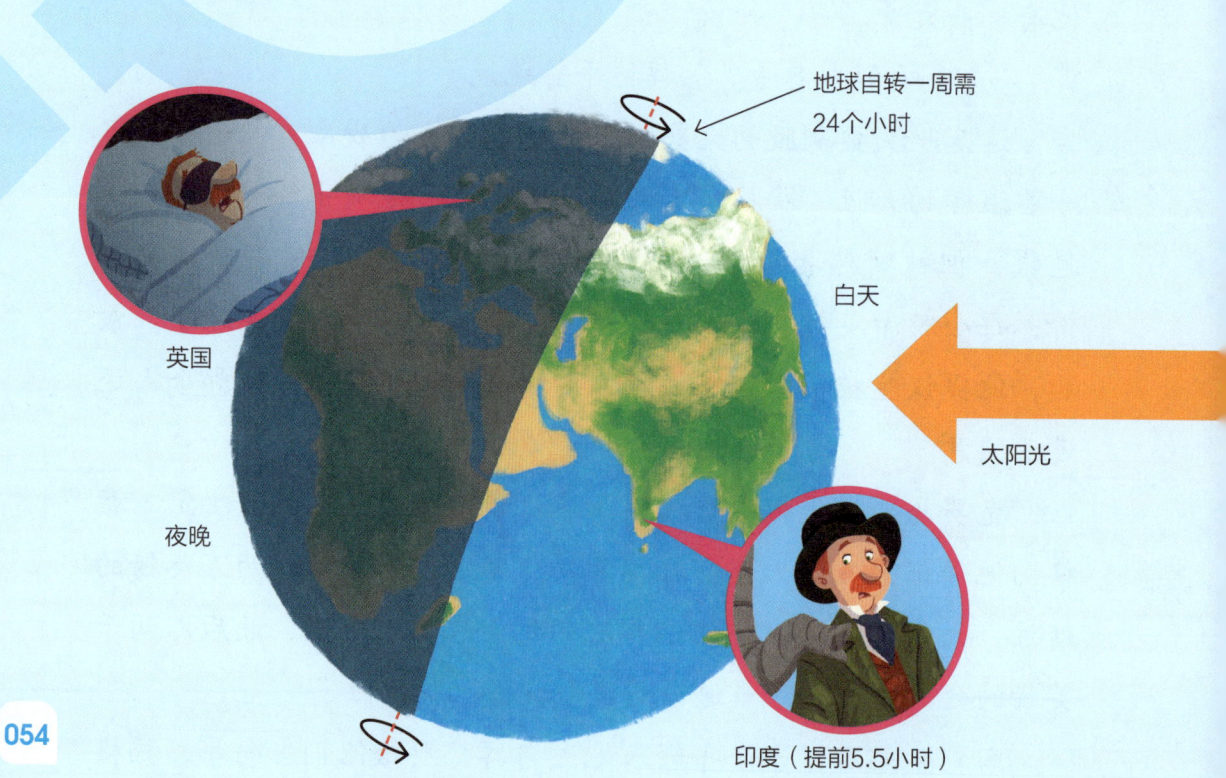

地球自转一周需24个小时

英国

夜晚

白天

太阳光

印度(提前5.5小时)

同意了。向导开始为旅途做准备，而福格他们在科尔比买了些吃的。他们上午九点出发，穿过密林。一路颠簸不已，一行人都没怎么说话。

两个小时后，他们停了下来，让大象稍事休息。大象喝了水，吃了些灌木和树枝。中午时分，他们再次出发。他们经过了广阔干燥的平原和灌木丛，一路上几乎没有看到什么动物，甚至连猴子都提前跑开了。

晚上八点，他们在温迪亚山北坡的一个小破屋里歇息。这一天，他们走了将近二十五英里，还剩二十五英里的路要赶。晚上天气很冷，向导生了一堆火，大家暖和了许多，心里都很感激这个小伙子。他们大口吃着食物，吃完很快就进入了梦乡。

黎明时分，他们起来继续赶路，希望能在傍晚到达安拉哈巴德。下午两点，他们进入了一片绵延数英里的茂密森林。一开始，他们行进得十分顺利。可突然之间，大象变得焦躁不安，停下了脚步。此时是下午四点。

"出了什么事？"克罗马蒂爵士探头问道。

"我也不知道，先生。"向导回答。他竖起耳朵，奇怪的声音越来越清晰，有叫喊声，还有挣扎的声音。向导跳了下来，把大象拴在树上，一头扎进了茂密的丛林中。不一会儿，他回来了。"有一些守卫朝我们这边走来，不能让他们看到我们！"

当守卫走近时，福格他们看到了一位年轻美丽的女子，她似乎处于危险之中。看来那些守卫绑架了她，他们正带着她前往一座废弃的神庙。慢慢地，他们的身影消失在了树林中。

向导把大象牵出了灌木丛，正准备驱赶大象前行，福格拦住了他。福格转身对克罗马蒂爵士说："我们去救那个女人吧，我还有十二个小时的时间。"

这个想法很危险，但福格得到了克罗马蒂爵士和万事通的热心支持。向导知道那个女子名叫"奥达"。她是孟买一名富商的女儿，受过良好的教育。父亲死后，她成了孤儿，被迫嫁给了一位王公。这场婚姻她并非心甘情愿，所以她也曾试图逃跑过。

福格一行人向关着奥达的皮拉吉神庙走去。在离神庙大约五百英尺（约一百五十米）的地方，他们停下

知识园地

认识动物

印度超过1/5的土地被茂密的森林所覆盖,去印度旅游的游客从不间断。

在这里,你可以看到各种野生动物,包括老虎、大象、蛇、蜘蛛和猴子。

每只老虎身上的条纹都不一样

孟加拉虎是印度的国宝

孟加拉虎

老虎往往白天休息,到黄昏和黎明时分才出去捕猎

它们的爪子又长又锋利,可以用来爬树

印度象每天花大约19个小时进食,会排出近100千克的粪便

它们一般比非洲象小

它们生活在森林里和草原上

印度象

高达3.4米,长达6.4米

来休息，并制订了一个计划。但令他们失望的是，神庙一直被看守得很严。

夜幕降临时，克罗马蒂爵士说："守卫们一会儿可能就困了。"

他们在一棵树后等待着，可到了半夜，也没有任何变化。也许他们可以在神庙的墙壁上凿一个口？

那是一个漆黑的夜晚，月亮被厚厚的云层遮住了。神庙的墙是用砖和木头砌成的，虽然他们只有小刀，但还是设法凿开了一个小口。他们一直埋头干着，谁也没有说话，口也越凿越大。突然间，神庙里传出叫喊声，外面也传来其他人的叫声。万事通和向导停了下来，是不是有人听到了他们挖墙的声音？他们赶紧撤了回去，以免被人发现。

这时，神庙的后面也驻扎了守卫。他们怎么接近奥达呢？克罗马蒂爵士挥舞着拳头，万事通心烦意乱，向导气得咬牙切齿，只有福格还是那么的冷静。

"我们什么都做不了了。"克罗马蒂爵士低声说道。"是啊，我们只能继续赶路了。"向导说。

"我明天中午之前赶到安拉哈巴德就可以。"

"可我们还能做什么呢？"克罗马蒂爵士问道，"天马上就亮了——"

"朋友们，要有信心，事情会有转机的。"

向导把他们带到一片空地的后面，这里看得更清楚。与此同时，万事通正在酝酿自己的计划，他从一棵树的树枝上滑下来，消失在了夜色之中。

几个小时过去了，天边出现了黎明的曙光，有些守卫从昏睡中醒来。神庙的门被打开了，福格他们听到了里面的声音，还看到了一道强光，奥达就躺在那里。

福格正准备冲过去救奥达，就被克罗马蒂爵士和向导按住了。他迅速将二人推到一边。突然间，情况发生了变化。一个守卫抱着奥达，朝福格和克罗马蒂爵士走来，他们都屏住了呼吸。

守卫越走越近，他突然说："快跑！"这个守卫竟然是万事通假扮的！他趁人不注意的时候拿走了一个睡着的守卫的外衣。

福格一行人很快逃到了树林里，他们骑上大象飞快地前行。身后传来了嘈杂声，一定是他们的诡计被识破了，但为时已晚，他们已经消失在了夜色之中。

动手做一做

制作曼陀罗

"曼陀罗"在梵语（印度的一种古老语言）中的意思是"圆"。曼陀罗的装饰效果很好，它一般由对称的圆形图案组成。

准备材料

- 圆规
- A4纸
- 铅笔
- 尺子
- 黑色细头记号笔
- 各种颜色的蜡笔或彩笔

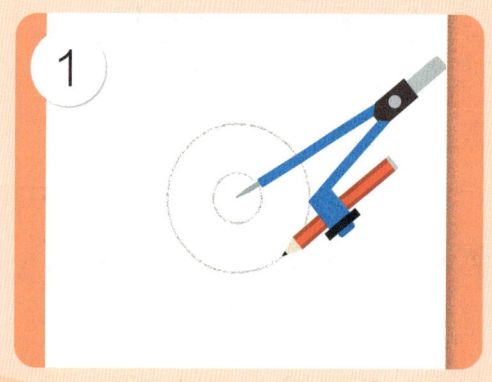

1. 用圆规在纸的中心画一个小圆。然后，调整圆规，在小圆的外面再画一个稍大的圆。注意，圆心的位置不要改变。

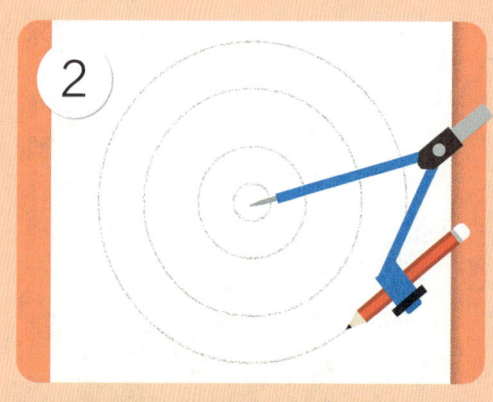

2. 继续调整圆规，在圆的外面再画更大的圆，直到画满整张纸（这些圆的圆心要保持一致）。

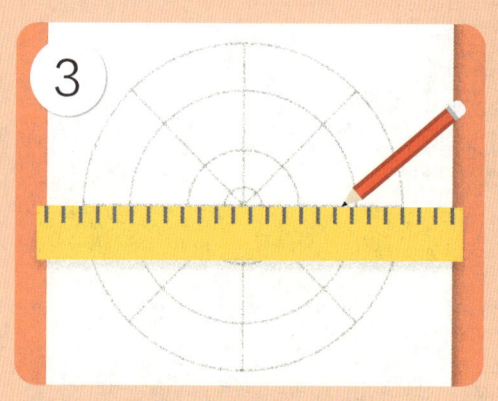

3. 用尺子从外圆的边缘经过圆心水平画一条线段，再垂直画一条线段，这时圆被分成了四等分。如图所示，再画两条线段，将圆分成八等分。

艺术

4

现在，开始填充图案，从内圈依次往外填充。有一个小窍门，那就是重复画出匹配的形状，比如圆圈、花瓣、点、线和三角形。先用铅笔画，再用彩笔描边。

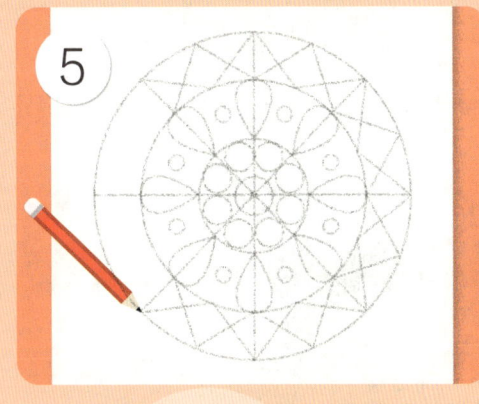

5

你可以画得简单一些，也可以画得复杂一些，只要每个圆环里面的图案保持一致就可以。先在第3步八等分中的一个小格里画好图案，以此为标准，把其他部分画完。注意，要保持图案的对称性（参见"原理"部分）。

6

填充好图案之后，就可以上色了。注意，要保持颜色的一致性和对称性。你最喜欢哪些图案呢？

原理

构成曼陀罗的图案是对称的，也就是说，一边的图案与另一边的是相同的。左图中的曼陀罗是辐射对称的，即图案从一个中心点向外辐射。图案越复杂，设计感越强。曼陀罗的有序图案往往用作冥想时的焦点。

动手做一做

保持在轨道上行驶

当火车以极快的速度行驶时，它是如何保持不脱轨的呢？其中的奥秘在于车轮的形状。一起来看看不同的形状会产生什么不同的效果吧。

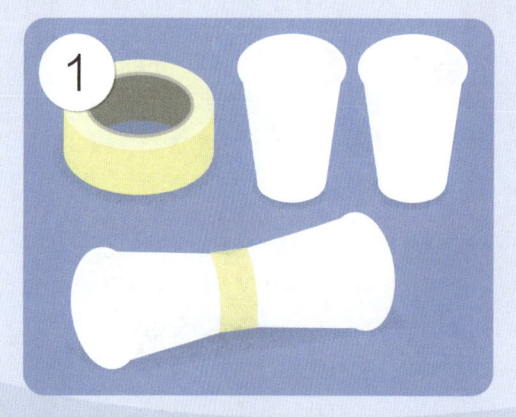

准备材料
- 4个塑料杯（大小相等）
- 胶带
- 剪刀
- 2根米尺或长尺子
- 盒子或厚书

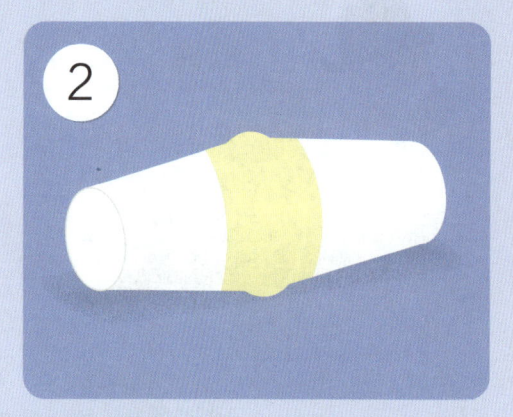

1 用胶带将两个杯子底靠底粘在一起，做成第一种轮子。

2 将剩下的两个杯子口对口粘在一起，做成第二种轮子。

3 现在，设置铁轨。首先，将盒子放在一个平面上。然后，将米尺平行（并排）放置，每根米尺均为一端在平面上，另一端在盒子上面。

工程

提示
塑料杯等一次性物品可以重复使用或回收利用，而不是用完就扔掉。

4
如图所示，米尺应该竖着放，使宽边相对。两根米尺之间大致相隔一个杯子高度的距离。用胶带将米尺固定住。

5
将第一种轮子放在斜坡的顶端，然后放手，你觉得会发生什么？试着多做几次，确保结果没有偏差。

6
现在，用第二种轮子重复上面的实验，你会得到不同的结果吗？

原理

你可能会发现，第二种轮子，也就是中间比两头宽的轮子，能够更好地在轨道上行驶。这是因为这种轮子能够自己调整在轨道上的位置，即使偏离中心，也可以调整回来。为了使火车保持在轨道上行驶，火车轮子通常略呈锥形，即内侧圆周的宽度或者说直径比外侧的大。

063

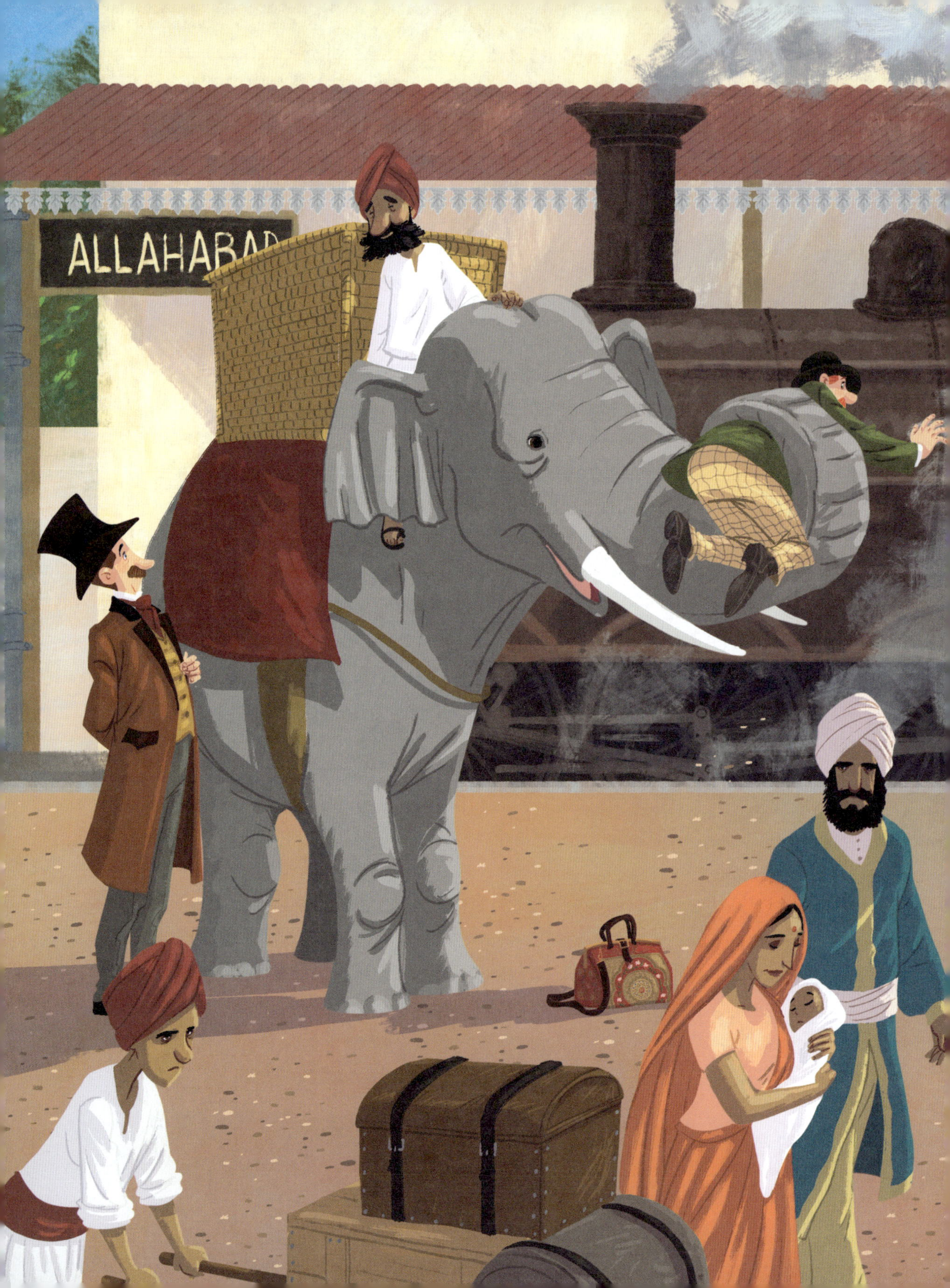
ALLAHABA

第五站　印度加尔各答

当大象在树林中大踏步前进时，万事通因为自己的成功开心大笑着。克罗马蒂爵士担心奥达的安全，只有离开印度，她才会真正平安无事。福格说，他会考虑这个问题的。

上午十点，他们到达安拉哈巴德车站，从这里乘坐火车可以在二十四小时之内到达加尔各答。也就是说，福格可以及时赶上开往香港的蒸汽机船。他们让奥达在候车室休息，万事通被派去给她买一些衣物。

福格向向导付了钱。"你很忠诚，"他说，"这些钱是给你的向导费，但我还要感谢你的忠诚。你喜欢这头大象吗？"

向导的眼睛里充满了泪水。"您赏赐给我的可是一笔巨额财富。"他大声说道。

看到这一幕，万事通非常开心。"哦，接受它吧，它是一头

安拉哈巴德

　　安拉哈巴德是印度北部的一座城市，位于恒河和亚穆纳河的交汇处。安拉哈巴德被称为"上帝之城"，是印度最早通铁路的城市之一，现在也是一个重要的交通枢纽。

勇敢忠诚的大象。"大象用鼻子圈住万事通的腰，把他举过了头顶。

没过多久，福格、克罗马蒂爵士、万事通和奥达就坐上了开往贝拿勒斯的火车。这段旅程大约八十英里，需要开两个小时。福格建议带奥达去香港，她欣然接受了他的好意，因为她可以投靠香港的一个亲戚。

中午十二点三十分，火车到达贝拿勒斯。克罗马蒂爵士和大家道别，他祝愿福格旅途一切顺利。

十月二十五日上午七点，火车到达加尔各答，蒸汽机船还有五个小时就要启程前往香港了。

就在他们准备离开车站时，一个警察突然走了过来。"是菲利亚斯·福格先生吗？"

"是我。"

"最好跟我走一趟。"

福格没有表现出丝毫的惊讶。万事通试图反抗，但福格示意他听从警察的安排。

绘制地图

福格和万事通马不停蹄地辗转各地。
把书翻到第78页，看看如何绘制一张涵盖他们途径国家的四色地图吧。

知识园地

速度有多快？

福格、克罗马蒂爵士、万事通和奥达坐在一列急速驶往贝拿勒斯的火车上。这段旅程大约80英里，需要两个小时，那么列车的平均速度是多少呢？

如果知道距离、速度和时间这3个数值中的任意两个，我们就可以用以下公式计算出第3个数值。

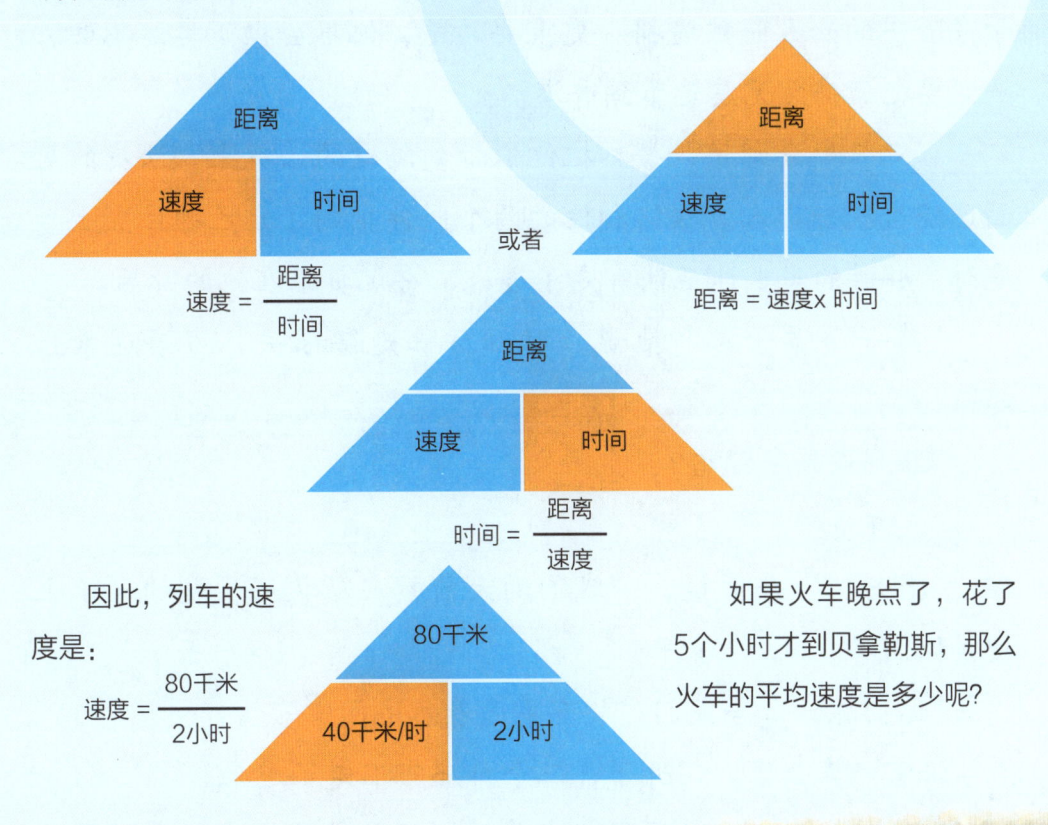

$$速度 = \frac{距离}{时间}$$

或者

$$距离 = 速度 \times 时间$$

$$时间 = \frac{距离}{速度}$$

因此，列车的速度是：

$$速度 = \frac{80千米}{2小时}$$

80千米 / 40千米/时 / 2小时

如果火车晚点了，花了5个小时才到贝拿勒斯，那么火车的平均速度是多少呢？

福格、奥达和万事通坐上了一辆马车。他们穿过两边都是脏乱房屋的狭窄街道，又穿过了一片较为富裕的地区。马车在一栋貌似很普通的房子前停下，警察把他们带到一间装着铁栏杆窗户的房间。"上午八点三十分，奥巴迪亚法官会传唤你们。"警察说完就关上门走了。

"我们成囚犯啦！"万事通喊道，一屁股坐在椅子上。

奥达转向福格："先生，你们别管我了！都是因为救我，你们才会受到这般对待！"

福格说，其中一定有什么误会，他们不可能因为救助一名处于危险中的女人而被逮捕。更重要的是，他不会抛下奥达不管，一定要把她安然无恙地带到香港。

八点三十分到了，警察把他们带到隔壁的法庭上。法庭的后面已经坐了一群人。福格和他的两个同伴坐到了自己的位置上。这时，胖胖的奥巴迪亚法官走了进来，书记员跟在他的身后。

"第一个案子。"他说。时钟仿佛走得很快，万事通紧张起来。

"菲利亚斯·福格？"

"我在这里。"

"很好，"法官说，"我们两天前就在从孟买出发的火车上搜寻你们了。"

"你们凭什么告我们？"万事通着急地问道。

法官一声令下，门开了，三个神庙守卫走了进来。

"就是他们，"万事通嘟囔着，"就是这几个人想要了奥达的命。"

神庙守卫站在法官面前，书记员开始宣读诉状，上面说菲利亚斯·福格和他的仆人犯了亵渎罪，他们亵渎了一个神圣的地方。

"你们听清楚了吗？"法官问道。

"是的，先生。"福格回答道。他看了看手表，又说："我承认，可我也想听听这些人在废弃的皮拉吉神庙里做了什么。"

神庙守卫面面相觑，法官似乎也一头雾水。

"我们说的不是皮拉吉神庙，而是孟买的一座寺庙。"

福格和万事通一脸困惑，他们早就忘了孟买的那件事了。当初，菲克斯侦探让寺庙的守卫乘坐下一班火车前往加尔各答，并许诺之后会给他们一笔赔偿金。菲克斯一直在车站焦急地等待。福格一下车，他就赶紧找来警察，立即逮捕了他们。

"你们认罪吗？"法官问道。

"我们认。"福格冷淡地说。

"那么，我宣布万事通被判十五天监禁，并罚款三百英镑。"

"三百英镑！"万事通大叫道，他没想到罚金这么高。

"由于主人必须对他所雇仆人的行为负责，我宣布菲利亚斯·福格被判一周监禁，并罚款一百五十英镑。"

躲在法庭角落里的菲克斯高兴地搓着手。如果福格在加尔各答被关一个星期，那么逮捕令就能到了。万事通呆住了，这样的判决会毁了他的主人的！因为他的愚蠢行为，两万英镑的打赌就要输了！

福格仍然很平静，仿佛判决和他没有什么关系一样。就在书记员准备叫下一个案子的被告时，他站起来说："我要求保释。"

菲克斯感到一丝寒意流遍全身。不过，当法官宣布保释金为每人一千英镑时，他又恢复了平静。

加尔各答

加尔各答位于印度东部，是印度的第三大城市，也是一个重要的港口。在英国统治期间，加尔各答曾被定为英属印度的首都。1911年，印度迁都至德里。

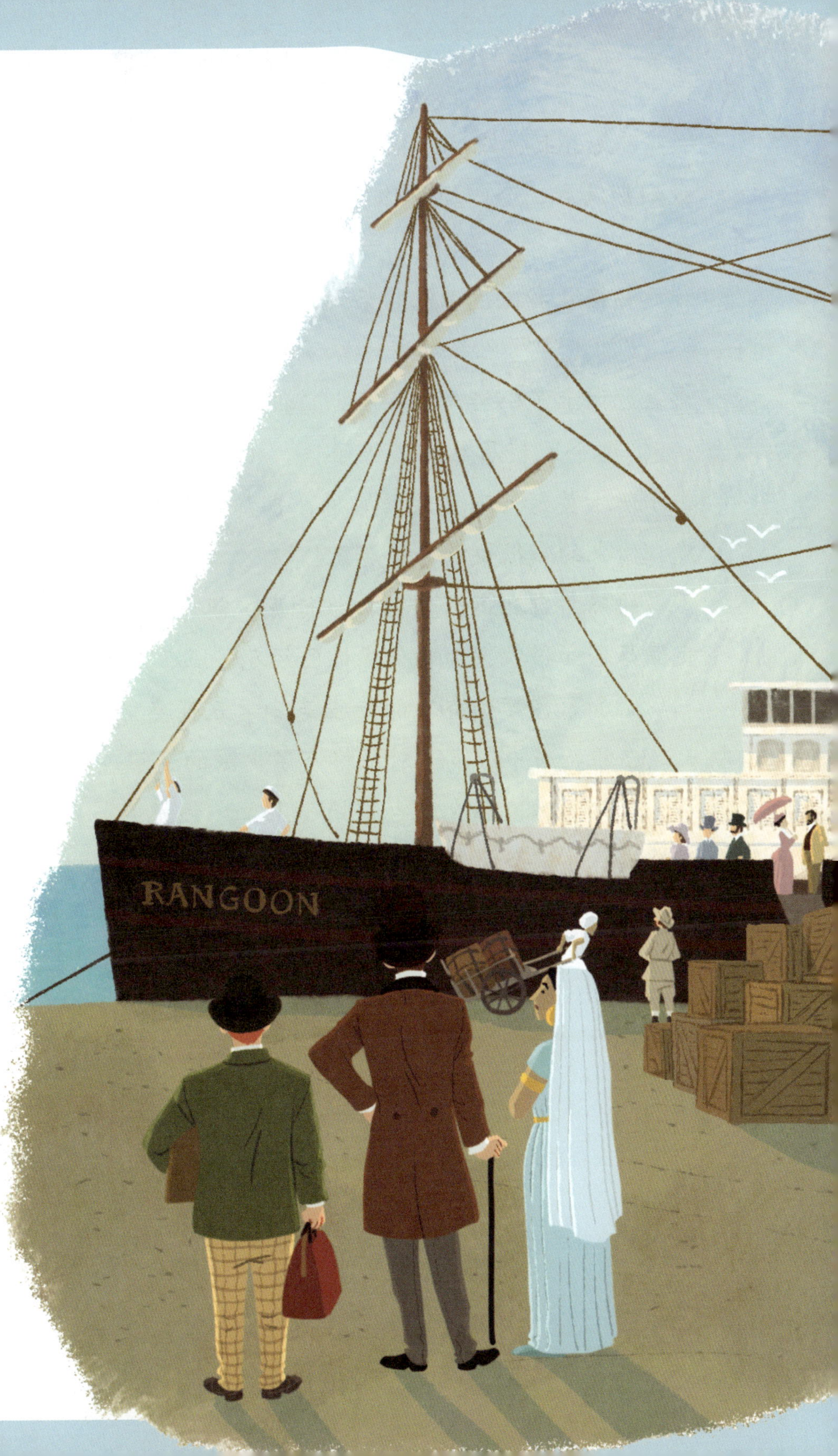
RANGOON

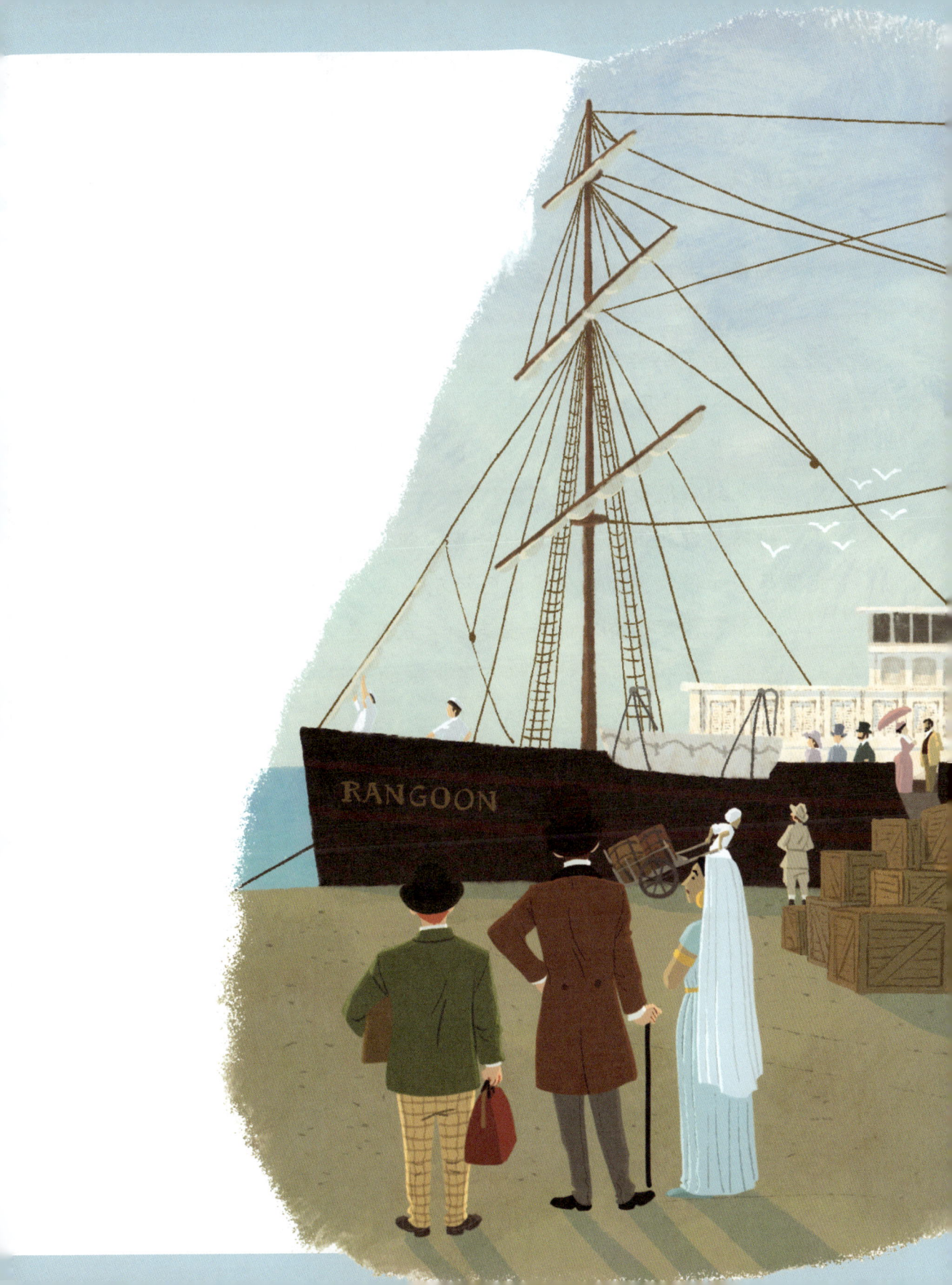

"我马上付钱。"福格说着拿出一卷钞票。"这笔钱等你们服刑期满后,会归还给你。"法官说,"现在,你们可以自由离开了。"

福格让奥达挽着他的胳膊,他们一行人往码头赶去。

"仰光号"已经停在港口了。福格早到了一个小时。菲克斯看着他们上了小船,准备登上"仰光号"。

"这个无赖居然又逃掉了!"他生气地大声说道,"就这么扔了两千英镑!不管天涯海角,我都会跟着他。可按照他这个速度,偷来的钱很快就会被花光!"

的确,自从离开伦敦,旅行费、额外的奖赏、买大象的钱、交保释金和罚款,加起来福格已经花了五千多英镑了。

从加尔各答到香港的行程是三千五百英里,需历时十到十二天。在旅行当中,奥达对福格有了更深的了解。

与此同时,菲克斯也悄悄登上了"仰光号",他留下口信,让警察将逮捕令转寄到香港。

"仰光号"要到新加坡的前一天,菲克斯终于登上了甲板,

制作磁罗经

开往香港的蒸汽机船使用磁罗经来保持航线。

把书翻到第80页,了解一下如何制作磁罗经吧。

万事通正在那里闲逛。这位侦探快步走上前去，惊呼道："你也在'仰光号'上啊！"

"怎么，我和你在孟买分别，却在去香港的船上碰到了！你也要环游地球吗？"万事通问道。

"不，不，"菲克斯回答，"我到香港停留几日。"

"哦，"万事通有点疑惑不解，"可自打我们从加尔各答出发，我怎么没在船上看到你啊？"

"哦，我有点晕船，一直躺在房间里。在孟加拉湾行驶，真是让人不舒服啊。福格先生还好吗？"

"他很好，旅行如期进行，一天也没有耽搁。"

万事通给菲克斯讲了他们在科尔比买大象，还有见到奥达之后的冒险经历。

"你的主人打算把这位年轻的女子带到欧洲去吗？"

"不，我们只陪她到香港。"

"去喝杯杜松子酒怎么样，万事通先生？"

"好啊，菲克斯先生。"

知识园地

晕船

坐船时感到恶心是一种常见现象，万幸的是，福格和万事通都不晕船。

船随波浪起伏而摇摆不定时，有的乘客就会晕船。作为人体的平衡器官，内耳会检测到船的摇摆。但是，由于船舱和乘客在同时移动，在眼睛看来一切都是不动的，大脑因此会感到困惑！这可能引发身体的应激反应，从而导致恶心、呕吐和眩晕。

知识园地

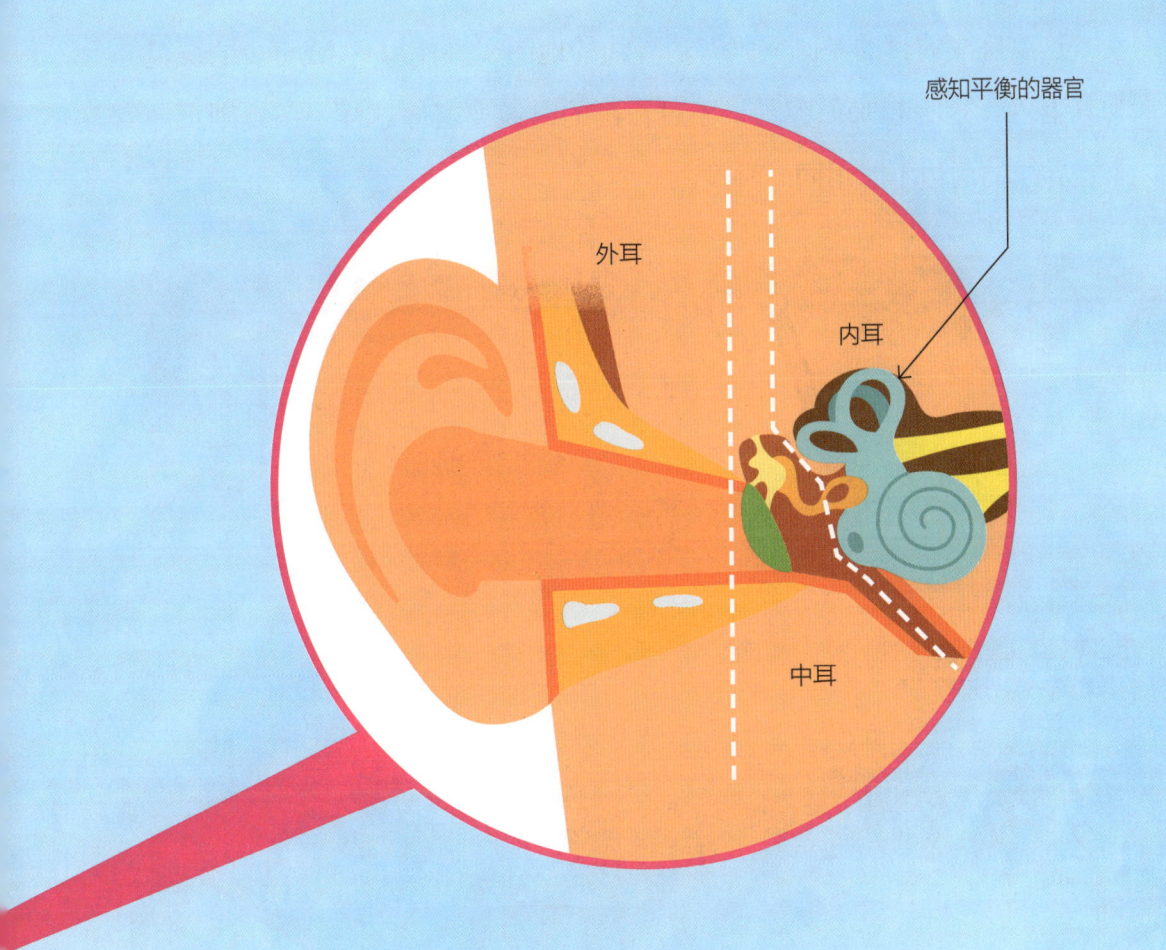

感知平衡的器官

外耳

内耳

中耳

075

动手做一做

绘制四色地图

这项挑战的目的是画一张有边界线的地图，并使用4种或更少的颜色为其上色。这听起来很容易，不过，画的时候要遵守这样一条规则：一条边界线的两边不能用同一种颜色。

准备材料

- 铅笔
- 纸
- 参考用的地图
- 4支不同颜色的彩色铅笔

1 用铅笔在纸上画一张地图。你可以自己画，也可以照着一张地图画。

2 画出边界线，将地图分割成不同的区域，它们可以是国家、州或者县。划分的区域越多，地图看起来越多彩。

3 先只用一种颜色给地图上色。一定要遵守规则，一条边界线的两边不能用相同的颜色。你最多能涂多少块？

数学

提示
用各种各样的图案试一试，图案越复杂越好。

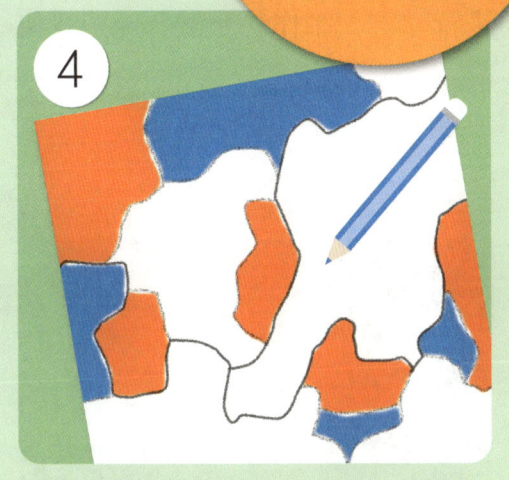

4
用一种颜色把地图上能图的区域都涂上颜色，然后用第二种颜色重复同样的过程。记住，要始终遵循之前说的那条规则。

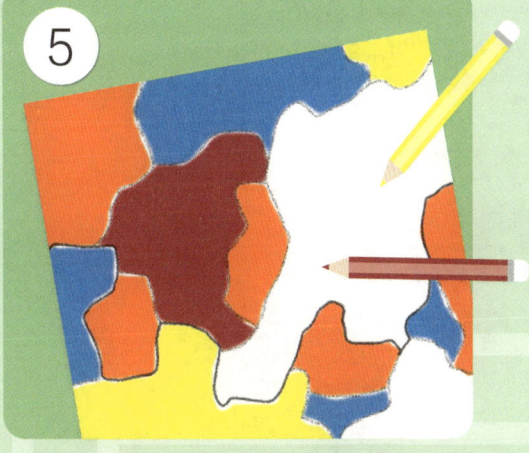

5
继续上色，一种颜色不能再涂时，就换另外一种颜色。

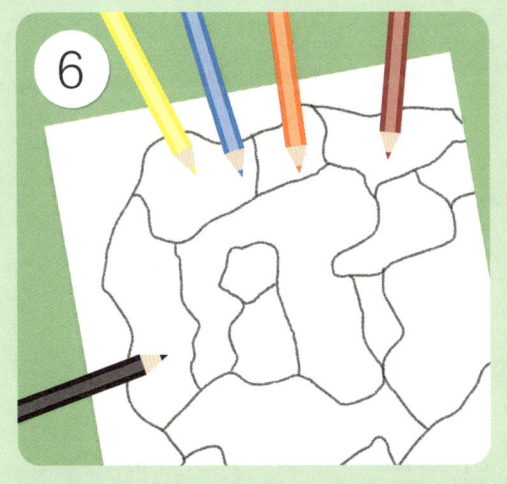

6
你用了多少种颜色？新画一张地图，重复这项挑战。结果是否类似呢？

原理

根据四色定理，你可以用4种或更少的颜色给任何图案或地图上色，同时保证相邻的两个区域为不同颜色。无论图案多复杂，无论地图被分成了多少部分，这个定理都成立。四色地图很常见，因为它使用的颜色最少，同时还能使相邻的区域明显区分开来。

077

动手做一做

制作磁罗经

近千年来，各地的人们都用磁力进行导航。制作一个磁罗经，找找地球的磁极吧。

1

从软木塞上切下一小段，厚度为1~2厘米。

准备材料
- 软木塞
- 缝纫针
- 磁铁
- 钳子
- 碗
- 水
- 指南针

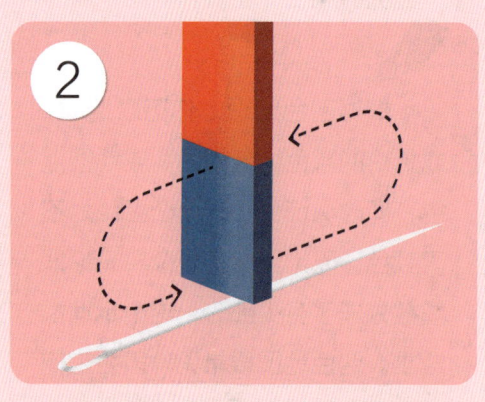

2

一只手拿着缝纫针的一端，另一只手拿着磁铁。用磁铁沿同一方向摩擦针，至少重复50次。

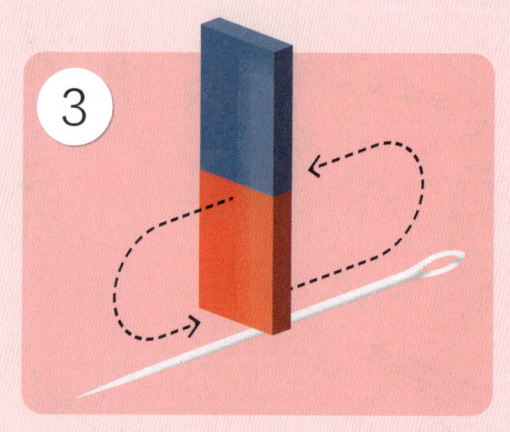

3

把针转过来，手拿着另一端；把磁铁翻过来，用磁铁的另一面摩擦针，同样，沿同一方向至少摩擦50次。

科学

提示
如果很难把针从软木塞中心穿过去，可以先用图钉在软木塞上扎个孔。

4

如图所示，请大人帮忙，小心地把针从软木塞的中心穿过去。你可能需要用到钳子。

5

在碗里装几厘米深的水，把磁罗经放在水面上，等它停下来。

6

磁罗经是不是指着某个方向了？你可以用指南针检验一下这是哪个方向。当磁罗经漂浮在水面上时，在它的旁边移动磁铁，看看会发生什么？

原理

针的一端应该始终指向北方。用磁铁摩擦针，会把针临时变成一个磁力较弱的磁铁。换句话说，针被磁化了。当针在水面上自由漂浮时，它倾向于与地球的磁场保持一致，因此磁罗经会转动直至指向地球的南北磁极。